AF590499

LETTRE

à

M. DE CORMENIN

SUR

L'ÉTAT DE LA QUESTION,

PAR

ADOLPHE CHOUIPPE.

IMPRIMERIE DE MOQUET ET COMP.,
RUE DE LA HARPE, N° 90.

1839

IMPRIMERIE DE MOQUET ET COMP. RUE DE LA HARPE 90

MONSIEUR,

Je suis contribuable et de plus tant soit peu logicien.

Je ne suis point député ; je ne suis pas même électeur. Je suis tout bonnement un citoyen, c'est-à-dire, la trente-trois millionième partie du peuple français. C'est peu de chose, je l'avoue, mais enfin c'est une quantité appréciable, c'est quarante francs au budget.

Comme ces quarante francs trouvent annuellement leur emploi pour *subsidier* le mouvement de notre machine gouvernementale, j'éprouve une grande satisfaction à conclure que, si ce mouvement est bon, je ne suis pas tout-à-fait inutile à mon pays.

Une curiosité bien naturelle me porte donc à observer ce mouvement par moi-même, en me défiant de ce qu'en disent les autres. Votre écrit sur l'*État de la Question* n'a fait qu'augmenter ma curiosité, mais il n'a point diminué ma défiance. Comme tous ceux qui sont sortis de votre plume, il décèle un cœur généreux dans un écrivain habile et dans un penseur austère; mais ces qualités recommandables ne peuvent empêcher l'inflexible raison de protester contre les erreurs qu'elle croit y rencontrer.

C'est une grande audace de ma part, j'en conviens, que d'appeler en champ clos sur le terrain de la dialectique un joûteur aussi redoutable que vous. Je me souviens en ce moment que l'erreur a souvent triomphé pour avoir été proclamée par une bouche éloquente, et que la réalité fut souvent méconnue pour n'avoir trouvé que de faibles défenseurs. Mais qu'importe? Je n'en crois que mon courage, la vérité de ma cause, et j'obéis à mes convictions.

Je me demande d'abord pourquoi une société subsiste, et j'ai beau en chercher toutes les raisons; je n'en trouve que deux :

1° parce qu'elle VEUT subsister,
2° parce qu'elle PEUT subsister.

Volonté et *force*, voilà les deux principes de son existence; je n'en connais pas d'autres.

Par sa *volonté* elle fait des lois,
Par sa *force* elle les fait exécuter;
Par sa *volonté* elle déclare la guerre,
Par sa *force* elle la fait.

La mise en œuvre de ces deux principes donne donc immédiatement naissance à plusieurs facultés, plusieurs modes actifs dans la manifestation successive desquels nous voyons apparaître tous les *pouvoirs* possibles d'un état.

L'ensemble de ces pouvoirs qui ne sont que des modifications de la volonté et de la force, constitue le pouvoir souverain, constitue la *souveraineté*.

Le souverain, quel qu'il soit, homme, peuple ou corporation, est la personne physique ou morale en qui résident *ces pouvoirs réunis*. La puissance qu'il exerce est associée à l'intelligence par la *volonté*, à la matière par la *force*, à l'esprit par la *pensée*, au corps par l'*organe*.

Puisque toute société possède par elle-même la *volonté* et la *force*, on ne peut lui contester les éléments de la souveraineté. Comme vous, Monsieur, je pense que ces éléments sont *universels*, *impérissables*, *imprescriptibles*.

Universels, parce que la volonté et

la force d'une société, étant une force et une volonté collectives, ils proviennent de chacun et s'étendent à tous.

Impérissables, parce que, tant que la société subsiste, rien ne peut altérer leur essence.

Imprescriptibles enfin, parce que la société est toujours en mesure de démontrer sa propriété, des titres à la main. Et, en effet, la nature des sociétés dérive évidemment de la *nature* de l'homme ; j'entends par ce mot les besoins et les facultés qui naissent en lui, et qui, par conséquent, sont une suite nécessaire de son organisation. Pour dépouiller les sociétés de leur volonté et de leur force, il faudrait également dépouiller l'homme de sa force et de sa volonté, c'est-à-dire, de son intelligence et de sa matière. Il y aurait folie à le prétendre.

Il faut bien que l'on en convienne, les sociétés, ainsi que l'homme, sont des *intelligences* servies *par des organes*. Comme *intelligences* elles *veulent* et elles *voudront* toujours, comme *organes* elles *peuvent* et toujours elles *pourront*.

Voilà les titres indélébiles des peuples à la souveraineté.

Jusque-là, Monsieur, nous sommes parfaitement d'accord ; j'arrive maintenant au point où mes opinions doivent différer des vôtres.

« La souveraineté, dites-vous, est *in-*
» *divisible*, ... elle ne peut s'aliéner
» même pour *une partie*, . . . elle ne
» peut se *communiquer* même pour un
» temps, . . . elle ne peut s'abdiquer au
» *profit d'une personne*. » . . . . (Pages 15 et 16, État de la Question. 6e édit.)

Qu'est-ce donc, selon vous, que la souveraineté ? Trop préoccupé, sans doute, de ce qu'elle n'était pas, de ce qu'elle ne pouvait être, n'avez-vous pas oublié de nous dire ce qu'elle est et en quoi elle consiste ?

Par *souveraineté* je ne puis croire que nous entendions la même chose ; car s'il est vrai que la souveraineté ne soit que la *volonté* et la *force* en exercice, elle se trouve composée par des éléments assez hétérogènes pour qu'on soit autorisé sans démonstration à les considérer comme autant de *parties* distinctes. Ce qui ne permet pas de douter un seul instant que la souveraineté ne soit *divisible.*

Si par le même mot nous entendons des choses différentes, nous pourrions avoir raison tous deux; cependant j'avoue, quant à présent, ne pas comprendre la souveraineté autrement que par ce qui précède. Je me vois donc contraint de raisonner en me renfermant dans les termes de ma définition.

Si vous avez voulu dire que la souveraineté est essentiellement formée par des éléments dont la séparation est impossible, sans qu'à l'instant même la souveraineté cesse d'exister, vous avez énoncé une vérité frappante. Un tout n'est un tout que parce qu'il est associé à ses parties.

La *volonté* sans la *force* ne produirait que de vaines clameurs.

La *force* sans la *volonté* ne produirait que d'aveugles et dangereux efforts.

Dans l'un comme dans l'autre cas, ce ne serait plus la souveraineté.

Dans ce sens elle est indivisible.

Mais si, laissant de côté cette considération puérile, nous envisageons la souveraineté en exercice dans ses éléments constitutifs, vous serez obligé de reconnaître avec moi que chacun des pouvoirs dont elle se compose, peut fonctionner isolément dans de certaines limites.

Sous ce point de vue nouveau, la pratique s'apprête à confirmer la théorie.

La volonté s'exprime, la loi est faite. Que faut-il pour cela ? penser et être d'accord. Donc déjà le *pouvoir législatif* peut fonctionner isolément.

La loi faite, le pouvoir législatif n'a plus rien à faire. Donc il a des limites.

S'il peut fonctionner isolément dans des limites déterminées, il demeure constant que la souveraineté a des parties distinctes, et que, par conséquent, elle n'est pas *indivisible*.

Je considère comme un bonheur qu'il en soit ainsi ; car si elle était réellement indivisible, elle serait exercée ou par la nation elle-même, ou par quelqu'un en dehors d'elle, sans mesure et sans partage. D'un côté je ne vois qu'une effrayante anarchie, de l'autre qu'un despotisme brutal.

« Elle ne peut s'aliéner, même pour *une partie* » (pag. 16).

J'admets cette vérité, parce que je reconnais que la souveraineté est divisible ; mais vous, Monsieur, qui la proclamez indivisible, comment pouvez-vous lui supposer des parties ?

« Elle ne peut se *communiquer*, même pour un temps.... elle ne peut s'abdiquer *au profit d'une personne.* »

Puisque la souveraineté est divisible elle peut être partagée ; puisqu'elle peut être partagée, ses parties peuvent reposer en des mains différentes; puisque ces parties peuvent reposer en des mains différentes, elles sont *communicables*; transmissibles (je ne dis pas abdicables), non point au *profit d'une personne*, parce que, comme vous le dites avec vérité, en dehors de tous il n'y a personne, mais *au profit de tous*, ce qui n'est pas la même chose.

Résumons ce premier point ;

Selon vous et selon moi, la souveraineté *appartient* à la nation. Elle est *universelle*, *impérissable*, *inaliénable*, *imprescriptible*.

Selon vous, elle est *indivisible*, *intransmissible*.

Selon moi, elle est *divisible, communicable*.

Conséquences selon vous :

La nation *possède* la souveraineté. Elle la *possède* tout entière, et personne ne peut l'exercer en son nom.

Conséquences selon moi :

La souveraineté *appartient* à la nation, mais elle peut en *partager*, en *distribuer* l'exercice.

Comprise par vous : la souveraineté me paraît conduire directement à l'anarchie, tombeau des nations.

Comprise par moi : la souveraineté du peuple français me paraît être le principe fondamental de la charte.

A la souveraineté, comme principe fondamental de la charte, vous reconnaissez trois agens : *le Roi*, *la Chambre*, *les Ministres*.

A la souveraineté, comme principe

fondamental de la charte, je ne reconnais, moi, que deux agens directs : *Le Corps électoral, le Roi.*

Le corps électoral et le roi sont fondamentaux, la chambre et les ministres sont des créations. Le corps électoral nomme les députés, le roi nomme les ministres.

Sans que l'ordre cesse d'être maintenu, la chambre peut être dissoute, les ministres changés; le roi reste et le corps électoral aussi.

Les deux agens premiers sont donc le corps électoral et le roi ; la chambre et les ministres sont des agens secondaires ; les uns sont créateurs, les autres sont créés.

Je ne me dissimule pas l'importance supérieure de ces créations, quand on les considère à l'œuvre, mais puisque nous en sommes sur les principes, il faut commencer, je crois, par leur rendre hommage.

Et si la chambre et les ministres sont presque tout, n'est-ce pas parce que l'une représente le corps électoral dont elle est la *pièce*, et que les autres représentent le roi dont ils sont la *monnaie*?

Chose étonnante dans notre constitution! un grand corps en fait un plus petit, tandis qu'un petit corps (un seul homme) en fait un plus grand.

Le grand et le petit ne devaient jamais se trouver face à face; le seul moyen de rendre cette rencontre possible, et quelque peu majestueuse, était d'*agrandir* le petit et de *rapetisser* le grand. Le problème ainsi résolu, le *corps électoral* et le *roi* peuvent se mesurer sous les *formes* de *chambre* et de *ministres*.

Si le corps électoral n'était que muselé, comme je viens de le dire, cela paraîtrait équitable; car enfin il ne faut pas que le plus fort puisse manger le plus faible; mais ce corps électoral n'est, hélas ! qu'un corps tout mutilé.

A ce sujet, Monsieur, il me vient un scrupule, scrupule de *logicien* ; vous savez combien ces gens-là ont la conscience nette.

Le corps électoral est-il bien en France l'un des agens premiers de la souveraineté ? au lieu d'être fondamental, n'est-il point, lui aussi, une création ?

L'art. 1er de la loi du 19 avril 1831 se charge de répondre à ces questions. Quiconque paie deux cents francs de contributions est électeur.

C'est donc l'argent qui fait le corps électoral. On ne demande pas à chaque Français : quelle est ta volonté ? on lui demande : quelles sont tes *contributions* ? Si tu paies assez, tu es électeur ; si tu ne fais que penser, tu n'es rien.

Déduction rigoureuse : *l'argent* et le *roi* sont les agents premiers de la souveraineté nationale.

S'il est vrai qu'un principe se reproduit nécessairement dans toutes ses conséquences, après avoir vu *l'argent* dans l'électeur, dans l'éligible, vous retrouverez encore *l'argent* dans le député, dans le ministre; *l'argent* partout, *l'argent* toujours.

Lorsque la constitution d'un pays s'appuie sur une telle base, est-il donc étonnant de voir la cupidité, la corruption, la vénalité si profondément infiltrées dans tous les pores de l'édifice social? est-il étonnant de rencontrer des hommes à la parole puissante, haut placés et superbes, qui, au lieu d'être, comme ils l'auraient pu, de grands citoyens voués à l'amélioration de leur patrie, ont consenti à se transformer honteusement en de vastes futailles plâtrées d'honneur, douvées, cerclées, remplies, bondées d'or et d'argent.

Je me sens écrasé sous le poids de

ces conséquences désastreuses et pourtant trop réelles. Je ne puis qu'en gémir, et appeler de toutes les puissances de mon âme, une réforme heureuse, qui, j'en suis certain, consolidera nos institutions, et lavera les souillures de ma belle patrie ainsi retrempée dans les eaux d'un nouveau baptême.

Jetons bien vite un voile de pudeur sur cette origine des choses ; oublions l'argent pour ne plus considérer que son ouvrage.

Le travail électoral une fois accompli, il ne faut pas croire que l'électeur rentre dans le repos, son action dans les affaires gouvernementales survit à son vote. Il regarde, il écoute ; il compare, il juge; il blâme, il approuve ; il encourage, il châtie. Le mépris est la peine qu'il inflige, l'estime est la récompense qu'il accorde. Il a grandi depuis qu'il est rentré dans la classe commune, car il exerce un pouvoir émané de la pensée, *le pouvoir de l'opinion*.

Celui-là appartient à tout le monde, venant de partout il s'introduit partout; il court dans les rues, et s'assied dans la chambre; il sort d'une boutique pour entrer dans un ministère, et quitte une mansarde pour aller frapper au cabinet du roi. Il marche avec la rapidité de l'éclair, se multiplie à l'infini, et se reproduit en un instant sous mille formes diverses. Escorté de la presse, sentinelle avancée de l'opinion, il enregistre, contrôle et stygmatise ce qui échappe à la vindicte des lois; armé d'un burin brûlant, il atteint, marque et flétrit le spéculateur avide, le spoliateur impuni, et contre les arrêts qu'il a rendus il n'y a ni appel ni prescription., car il n'y a pas de pouvoir au-dessus du pouvoir de l'opinion.

Ce pouvoir pourtant n'est pas toujours équitable ; les passions nous font juger quelquefois avec prévention, et dispenser inconsidérément notre mépris ou notre estime ; mais s'il a des vices il a du moins cet immense avantage que les jugements qu'il porte résultent de la majorité, et ce rapport le rattache naturellement aux autres pouvoirs du système représentatif.

Le corps électoral fait la chambre, et de plus il exerce sa part dans le pouvoir de l'opinion. Voilà ses attributs.

Le roi ne fait ni la chambre ni l'opinion, mais il fait les ministres, ou plutôt il les choisit et les nomme.

« Le roi de la charte ne peut rien,

« dites-vous, absolument rien sans les « ministres. »

J'en conviens, mais il est vrai d'ajouter que les ministres ne peuvent rien, absolument rien sans le roi.

Vous dites :

« Si un gendarme portait la main « sur moi en vertu d'un ordre du roi « non contresigné par un ministre, je « lui brûlerais la cervelle et je serais « acquitté par les jurés, car je n'aurais « fait qu'user de mon droit de légitime « défense contre un acte de ty-« rannie ; »

Moi, je vous réponds :

Si un gendarme portait la main sur moi en vertu d'un ordre d'un ministre sans être *au nom du Roi*, je lui brûlerais la cervelle et je serais acquitté par les jurés, car je n'aurais fait qu'user de mon droit de légitime défense contre un acte *illégal* et *arbitraire*.

Avec les ministres le roi peut tout ;

sans le roi les ministres ne peuvent rien. Ces deux agents, l'un sans l'autre, sont frappés d'impuissance ; l'un avec l'autre, ils exercent et doivent seuls exercer le pouvoir exécutif dans les limites assignées par les lois.

Vous pouviez sans un grand inconvénient, je l'avouerai, considérer la chambre en dehors du corps électoral, mais ce premier oubli de l'origine des choses vous a porté à considérer le roi en dehors des ministres et les ministres en dehors du roi ; dès lors vous avez dû tomber dans l'erreur.

Les électeurs et la chambre ne font qu'un pour exprimer *la volonté* nationale ; le roi et les ministres ne font qu'un, non plus, pour en exercer la *force, le pouvoir matériel, le gouvernement* ; tout cela est la même chose. Mais, direz-vous, quelle est la raison morale de l'inviolabilité du roi ? la voici :

Si le roi est inviolable, c'est parce que les ministres sont responsables, et l'équité y trouve en partie son compte, puisque sans eux, il ne peut rien faire, et qu'ils sont libres.

Avec eux, s'il peut faire quelque chose, sans doute il peut mal faire ; s'il peut mal faire, il est peccable.....

Il est peccable ; j'en conviens, mais il n'est point *solidaire*. Si le roi ne répond de rien, c'est que les ministres répondent de tout, et qu'après tout, il n'y a plus rien.

L'inviolabilité du roi, dictée par l'intérêt général, ne me paraît point une exception aux principes de l'équité, mais comme elle devient pour tous une garantie d'ordre, elle est par rapport au roi une immunité compensative dont il peut profiter sans condition. Le reste est l'affaire des ministres, c'est à eux d'y regarder.

Pour me servir, Monsieur, de votre

beau langage, la royauté n'a été placée dans une région éthérée, au-dessus de la foudre et des éclairs, que *pour mettre la nation à l'abri des orages.*

Si le roi est inviolable, ce n'est pas précisément parce qu'il est impeccable, c'est parce qu'il est revêtu d'une cuirasse ministérielle sur laquelle on peut frapper, mais qui ne traverse point. La charte et notre intérêt le veulent ainsi ; de plus la justice s'en contenterait si la responsabilité ministérielle n'était pas une de ces illusions qu'il faut désormais reléguer parmi les contes de fées.

Aux termes de notre constitution, la chambre n'a pas d'autre *pouvoir* que celui d'exprimer *la volonté* nationale.

C'est la plus noble partie de la souveraineté, car elle prend sa source dans l'intelligence.

La volonté nationale se traduit pratiquement par la majorité de la chambre.

Le pouvoir matériel doit obéir, car autrement, l'usage de la force ne serait plus réglé par la volonté, c'est-à-dire, par la puissance qui fait les lois; n'étant plus réglé par la puissance qui fait les lois, il n'aurait de règles que le caprice, ou plutôt il n'aurait pas de règles. Ce serait une monstruosité grande que de voir la volonté obéir à la force, la pensée à l'organe, l'intelligence à la matière.

La chambre ne nomme pas les ministres, mais elle les signale et les fait pour ainsi dire par sa majorité. Le gouvernement constitutionnel, s'il veut être fort et marcher sans entraves, doit être trempé dans cette majorité pour y puiser son impulsion ; en d'autres termes, le gouvernement constitutionnel doit être un gouvernement parlementaire, et c'est justice ; car enfin, c'est la volonté qui commande, et la volonté est à la chambre, la chambre aux électeurs, les électeurs à la nation.

La chambre ne gouverne pas, mais elle fait gouverner ; c'est ainsi que je comprends les mots *gouvernement parlementaire.*

Je me résume et je dis :

A la nation—la souveraineté.

Au corps électoral et au roi — le partage de cette souveraineté.

Au corps électoral, la chambre.

A la chambre, *la volonté.*

Au roi, les ministres.

Aux ministres et au roi, *la force*, ou ce qui revient au même, l'*exécution*, le *pouvoir*, le *gouvernement*, mais le gouvernement parlementaire.

Voilà, je crois, le programme de la

charte, si ce n'est pas en entier celui de la raison.

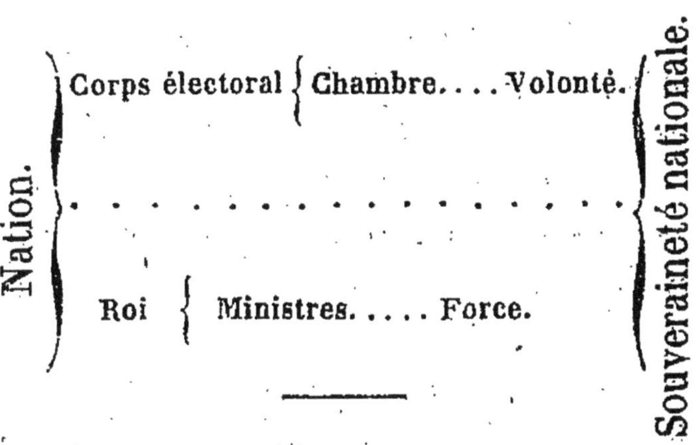

PS. En essayant de désigner la part que la charte fait à chacun dans la distribution des pouvoirs émanés de la souveraineté, je n'ai point prétendu tracer d'une manière précise la ligne de démarcation qui les sépare.

Ainsi, quoique la chambre soit la puissance principale qui fait les lois, le roi n'en est pas moins associé à la législation de plusieurs manières.

Ainsi, quoique la puissance exécutive soit exercée collectivement par le roi et les ministres, le corps électoral n'y a pas moins une part active par le pouvoir de l'opinion, et la chambre une part plus grande encore par le vote de l'impôt.

Mais quel que soit l'enchaînement qui les unisse, il n'en est pas moins évident que chaque branche de la souveraineté présente des parts inégales, et que la plus grande fait le caractère de l'agent qui l'exerce. C'est sur cette base d'inégalité et, par conséquent, de majorité que repose la seule répartition que l'on peut faire; toute autre me paraît arbitraire et dangereuse.

Arbitraire, parce que dans le commerce intime, prodigieusement diversifié qui rapproche et greffe les pouvoirs, il est difficile à l'observateur de saisir le point où est la solution de continuité. Ce point existe; mais il se dérobe par son extrême ténuité, et d'ailleurs il est de nature, dans un gouvernement constitutionnel, à changer souvent de place.

Dangereuse, parce qu'en posant des limites incertaines, chacun croit avoir droit de prétendre à des prérogatives qui lui sont gratuitement accordées.

APHORISMES POLITIQUES.

1.

Toute souveraineté émane de la nation.

2.

Toutes les fois qu'une nation a repris sa souveraineté, elle en a été embarrassée et n'a pu la garder.

3.

Lorsque *tous* prétendent à la souveraineté, la souveraineté n'est à *personne*.

4.

Démocratie absolue et anarchie sont deux choses parfaitement identiques. (3)

5.

La démocratie absolue n'est point une forme de gouvernement; c'est un état toujours violent, maladif, et de courte durée. Véritable convulsion d'une société délirante, il s'y opère une transposition des éléments de la souveraineté, transposition dans laquelle la force s'exerce en dehors de la volonté; ou plutôt la volonté ne pouvant pas se formuler, la force agit sans intelligence. (4)

6.

Le despotisme absolu est impossible.

7.

La souveraineté tout entière ne peut être exercée ni par la nation, ni par un seul homme, ni par un seul corps. (6)

8.

Non-seulement la souveraineté est divisible, mais elle est nécessairement divisée. (7)

9.

En théorie, on admet la réunion des

pouvoirs qui constituent la souveraineté. — De là, démocratie, monarchie absolues. Ce sont des rêves. (8).

10.

En pratique, il n'y a que des *républiques*, ou ce qui est au fond la même chose, des *monarchies* plus ou moins *tempérées*, des gouvernements *mixtes*, *constitutionnels*, *représentatifs*. (8) (7)

11.

La souveraineté ne peut être divisée en parties parfaitement égales.

12.

Dans tout gouvernement il existe toujours un pouvoir prépondérant. (11)

13.

La différence qui existe entre le pouvoir prépondérant et les autres pouvoirs, constitue la principale différence des gouvernements.

14.

Le gouvernement le plus libre est celui où cette différence est la moindre.

15.

La liberté est tout entière dans l'équilibre des pouvoirs. (14)

16.

En politique, l'équilibre parfait est impossible. (11)

17.

Plus on en approche, plus on observe dans les pouvoirs équilibrants des oscillations continuelles, résultat de la lutte incessante dans laquelle chacun d'eux fait effort pour obtenir la prépondérance.

18.

Ces oscillations ne sont point dangereuses, lorsque la loi fondamentale, basée sur l'équité, est assez précise pour empêcher le monarque d'étendre son autorité en restreignant celle des corps, ou pour empêcher les corps d'étendre la leur en restreignant celle du monarque.

Elles sont un signe certain de vitalité et d'énergie.

19.

Le pouvoir prépondérant est contraire à la liberté, lorsqu'on manque de lois fondamentales pour en régler l'usage.

20.

Il ne faut même pas croire que des lois fondamentales soient toujours efficaces pour régler l'usage du pouvoir prépondérant; car, si l'on n'y prend garde, celui-ci peut acquérir assez d'autorité pour changer les lois et n'être plus réglé par lui-même.

21.

Pour se faire un système politique, le point capital est donc de rechercher de quel côté est la prépondérance, et quels sont les moyens de réprimer son développement.

22.

Si nos hommes politiques sont bien pénétrés de ces maximes, ils assureront la liberté en réunissant leurs efforts contre l'envahissement progressif du plus puissant. Alors, je verrai avec plaisir ma contribution légère aller se noyer dans un budget dont le pouvoir prépondérant ne pourra faire qu'un bon emploi.

Veuillez me pardonner, Monsieur, de m'être abandonné trop indiscrètement peut-être au désir que j'éprouvais de vous montrer toute ma pensée. Je me hâte de terminer cette lettre déjà bien longue en vous priant d'agréer l'expression sincère de la plus haute estime et d'une grande considération.

Adolphe Chouippe,

docteur-médecin, à Argentan (Orne).

www.ingramcontent.com/pod-product-compliance
Ingram Content Group UK Ltd.
Pitfield, Milton Keynes, MK11 3LW, UK
UKHW021533260726
13993UKWH00004B/1965

9 782329 164229